Y. 5807.
B

AF296305

Yf 7477

LES MOISSONNEURS,

COMEDIE

EN TROIS ACTES ET EN VERS,

MESLÉE D'ARIETTES;

DEDIÉE A MONSEIGNEUR

LE DUC DE CHOISEUL;

Représentée pour la premiere fois par les Comédiens Italiens Ordinaires du Roi, le 27 Janvier 1768.

Par M. FAVART.

La Musique est de M. DUNI.

Laisse tomber beaucoup d'épis,
Pour qu'elle en glane davantage.

Le prix est de 30 sols.

A PARIS,

Chez la Veuve DUCHESNE, Libraire, rue
Saint-Jacques, au Temple du Goût.

M. DCC. LXVIII.

Avec Approbation & Privilége du Roi.

A

MONSEIGNEUR
LE DUC
DE CHOISEUL-D'AMBOISE,

Pair de France , Chevalier des Ordres du
Roi & de la Toifon d'Or ; Colonel
Général des Suiffes & Grifons, Lieute-
nant Général des Armées de Sa Majefté,
Grand Bailli d'Haguenau, Gouverneur
Général de la Touraine , Miniftre &
Sécretaire d'État des AffairesÉtrangeres,
& de la Guerre , Grand-Maître & Sur-
Intendant général des Couriers, Poftes
& Relais de France.

ONSEIGNEUR,

On trouve dans cet Ouvrage de
l'honnêteté & de la bienfaifance , par
A ij

conséquent il appartient à votre cœur.
Une Pièce qui donne des leçons d'humanité, doit être offerte au Ministre
sensible & éclairé qui en donne tous
les jours des exemples.

Je suis avec le plus profond respect,

DE VOTRE GRANDEUR,

MONSEIGNEUR,

Le très-humble & très-
obéissant serviteur,
FAVART.

AVERTISSEMENT.

PLUSIEURS personnes reprocheront peut-être à ce Drame de renfermer trop de morale ; mais j'ai voulu attacher le Spectateur , l'intéresser ; & j'ai cru que l'amour de l'Humanité avoit autant de droits sur les cœurs , que la gaieté en a sur les esprits.

Si cet Ouvrage a le bonheur de réussir , je n'en devrai le succès qu'à mes amis , que je me ferai toujours gloire de consulter.

ACTEURS.

CANDOR, *Seigneur du village,*   M. Caillot.
ROSINE,   Mme. Laruette.
GENNEVOTE, *Belle-mere de Rosine,*   Mme. Favart.
DOLIVAL, *Neveu de Candor,* M. Clairval.
RUSTAUT, Œconome de Candor, & *son homme de confiance,* M. Nainville.
GUILLOT, *vieux Moissonneur,* M. Dehesse.

COMMERES BABILLARDES.

MAROTE,   Mme. Berard.
LA TRINQUART,   M. Chanville.
NICOLE,   Mlle. Desglands.

MOISSONNEURS.

Le Pere TRINQUART,   M. Baletti.
PIERRE,   M. Trial.
JEROSME,   M. Desbrosses.

MOISSONNEURS ET MOISSONNEUSES.
DOMESTIQUES DE CANDOR, } *Personnages*
UN LAQUAIS DE DOLIVAL, }   *muets.*

LES MOISSONNEURS,
COMÉDIE.

ACTE PREMIER.

Le Théâtre repréfente un payfage ; à droite eft une chaumiere, à côté de laquelle eft un banc de pierre ; à gauche eft un petit tertre couronné par un orme : il fort de cet endroit une fource d'eau vive qui forme un baffin ; derriere eft une chaîne de hautes montagnes, qui fe perd dans l'éloignement. On voit à quelque diftance le Château Seigneurial ; un vafte champ de bled occupe le refte de la campagne.

SCENE PREMIERE.
GENNEVOTE, ROSINE.

L'Aurore commence à paroître ; on voit encore les étoiles. La cabane eft ouverte ; elle eft éclairée par une lampe. Genne-vote affife fur le banc, file fa quenouille. Rofine dans l'in-térieur de la maifon, mefure un boiffeau de grain.

GENNEVOTE.
ARIETTE.

L E tems paffé, paffe, paffe,
Comme ce fil entre mes doigts ;

N. B. Dans le premier Acte, le ciel s'éclaire peu-à-peu, la va-peur du matin fe diffipe, & le foleil fe leve ; au fecond, il eft au-def-fus de l'horifon ; & dans le commencement du troifieme, il paroît dans toute fa hauteur, & décline jufqu'à la fin de la journée. Ce mouvement progreffif doit fe faire imperceptiblement ; mais fon ef-fet doit être fenfible dans les trois Actes.   A iv

Il faut en remplir l'espace ;
Il est à nous autant qu'aux Rois.

Que j'étois digne d'envie,
Quand je possédois mon époux !
Mais le bonheur de la vie
Trop souvent s'éloigne de nous.

Le tems passe, &c.

Notre course passagere
Prescrit assez l'emploi des jours ;
C'est le seul bien qu'on peut faire
Qui les rend trop longs ou trop courts.

Le tems passe, &c.

X

ROSINE.

Ma bonne maman, tenez,
Voilà le produit tout juste
Des épis qu'hier j'ai glanés
Après les Moissonneurs de cet homme si juste ;
Du bon Monsieur Candor.
GENNEVOTE.

Rosine, c'est fort bien ;
Ménagez-vous pourtant ; vous êtes délicate.
ROSINE.
Pour vous aider, dois-je négliger rien ?
J'ai de la force assez pour n'être pas ingrate.
On voit du jour naissant la premiere lueur,
Soufflerai-je la lampe à présent ?
GENNEVOTE.
Oui, sans doute ;
Lorsque l'on est dans le malheur,
La plus foible dépense coûte.
(*Rosine va éteindre la lampe.*)

GENNEVOTE.

La pauvre enfant ! Ah ! quel état affreux !

ROSINE, *entendant soupirer sa mere,*
revient avec émotion.

Maman ; vous soupirez.

GENNEVOTE.

Je plains ta destinée :
Ma fille, tu n'étois pas née
Pour passer avec moi des jours si douloureux.

ROSINE.

Ah ! j'ai pris mon parti, ma mere ; tendre mere !
Si mon travail cessoit, vous seriez dans les pleurs.
Je vous verrois souffrir l'affront de la misere ;
Mes fatigues ont des douceurs.

ARIETTE.

Dès que l'aurore vermeille
Répand l'air frais du matin,
J'entends bourdonner l'abeille
Caressant la fleur du thyn.
Les oiseaux, par leur ramage,
Annoncent des jours sereins ;
Ils s'envolent du bocage,
Pour piller les premiers grains.
La Glaneuse se contente
Des épis laissés aux champs ;
La Nature bienfaisante
A soin de tous ses enfans.

GENNEVOTE.

Rosine ... je voudrois t'appeller Melincour ;
    C'étoit le nom de ton malheureux pere,
Qui semblant réunir la fortune & l'amour,
Eut pour premiere épouse une femme étrangere.

ROSINE.

Je fus l'unique fruit d'une union si chere.

GENNEVOTE.

Mais, tu perdis ta mere en recevant le jour.

ROSINE.

    Ah ! comme je l'aurois aimée !
Mais vous la remplacez ; vous êtes dans mon cœur,
Et d'une belle-mere écartant la froideur,
C'est par le sentiment que vous m'avez formée.

GENNEVOTE, *après un tems.*

    Je ne connus jamais l'ambition.
    Cette chaumiere étoit mon héritage.
    Pour adoucir ma situation,
Melincour se garda d'emprunter le langage
Qui conduit l'indigence à la séduction.
Il voulut que sa main de l'amour fût le gage.
Je lui représentai que le monde sensé
    Condamneroit ce mariage,
    Qu'on le trouveroit déplacé.
Ma franchise le fit insister davantage,
Cet himen par l'honneur lui sembloit assorti.
    J'étois pauvre ; mais j'étois sage :
    Je lui parus un bon parti.

ROSINE.

Sa vie avec nos biens périt dans un naufrage.

SCENE II.

RUSTAUT, GENNEVOTE, ROSINE.

RUSTAUT, *sans être vu.*

Allons, allons, courage.
A l'ouvrage, à l'ouvrage.

CHŒUR *de Moissonneurs qui ne paroissent point encore.*

Allons, allons, courage.
A l'ouvrage, à l'ouvrage.

GENNEVOTE.

Je te connois une ressource encor :
Melincour & Monsieur Candor
Étoient cousins - germains : va le trouver, ma fille;
Candor est honnête-homme, il aime sa famille.

ROSINE.

Je n'oserois.

GENNEVOTE.

Il fera le premier....

ROSINE.

Monsieur Candor a l'ame bienfaisante,
Tout le Village aime à le publier;
Mais si nous lui disions que je suis sa parente;
Il pourroit s'en humilier.

GENNEVOTE.

Eh! oui, la vanité souvent trouve son compte
Dans des secours auxquels on n'est pas obligé;
Mais quand dans l'indigence un parent est plongé,
C'est un créancier qui fait honte.
D'ailleurs, tu sais bien qu'un procès

Pendant toute leur vie a défuni leurs peres.
ROSINE.
Faut-il qu'à de vils intérêts,
Plutôt qu'à leur amour, on diftingue des freres !
GENNEVOTE.
Les haines font héréditaires.
ROSINE.
Mais de votre côté n'eft-il pas un moyen
De vous procurer plus d'aifance ?
Il refte quelques fonds.
GENNEVOTE.
Un douaire eft un bien
Que je pourrois réclamer, je le penfe ;
Mais ceux à qui l'on doit feroient fruftrés alors,
Je prendrois fur leur exiftence.
C'eft en vain que la loi juftifieroit mes torts :
Pourrois-je me nourrir de leur propre fubftance ?
Mes droits nuiroient aux leurs. . . ah ! je les cede
tous ;
Et le bonheur de fatisfaire
A la mémoire d'un époux,
. . . .Vaut beaucoup mieux que mon douaire.

SCENE III.

GENNEVOTE, ROSINE, RUSTAUT, & *une partie des Moiffonneurs.*

RUSTAUT, *aux Moiffonneurs.*

ALlons, allons, courage ;
A l'ouvrage, à l'ouvrage.

CH Œ U R *des Moiſſonneurs.*

A l'ouvrage, à l'ouvrage.

GENNEVOTE.

Tandis que tu vas à l'ouvrage,
Je vais arranger le ménage.

CHŒUR.

A l'ouvrage, à l'ouvrage.

(Les Moiſſonneurs ſe préparent à travailler ; Gen-
nevote & Roſine rentrent leurs uſtenſiles dans
la cabane.)

RUSTAUT, *à un jeune Moiſſonneur.*

Jeune homme, il faut dans ton printems
Acquitter le tribut de tes forces nouvelles.

(A un Vieillard.)

Et toi, dont la foibleſſe eſt l'effet de tes ans ;
Fais des liens pour les javelles.
Je ne vois pas encor tous nos *Seyeux* *.
Toujours en retard on demeure.
Je vais rabattre un quart de jour à ceux
Qui n'arriveront qu'après l'heure.

ROSINE.

Ma mere, on vient de toutes parts :
Chacun eſt au travail : je pars.

RUSTAUT, *au milieu des Moiſſonneurs.*

Je n'ai pas encor tout mon monde.
Où ſont ces Champenois que j'avois arrêtés ?
A dormir ſeroient-ils reſtés ?
Sans ceſſe il faut que je faſſe ma ronde.

---

* *Seyeux* eſt un terme uſité dans les Provinces & dans les
environs de Paris, pour déſigner les gens qui coupent les bleds.

SCENE IV.

CANDOR, *suivi du reste des Moissonneurs,*
RUSTAUT.

CANDOR.

LES voici, mon ami Ruftaut ;
Tu te fâches toujours trop tôt.
On n'excite au travail qu'en offrant des amorces :
La rudeffe en doit détourner.
Ces gens viennent de loin : pour leur donner des forces,
Je les ai fait bien déjeûner.

RUSTAUT.

Et qu'ils travaillent donc.

CANDOR.

Là, c'eft ce qu'ils vont faire
Ta dureté dément ton caractere :
Je te connois humain ; mais ton air eft groffier,
Etant auffi bon-homme, il eft bien fingulier
Que tu fois fans ceffe en colere.

RUSTAUT.

Mais ce n'eft que pour votre bien.
Il m'eft fort aifé de me taire :
Puifque vous le voulez, je ne dirai plus rien.
(Il va au fond du théâtre avec les Moiffonneurs ;
& les difperfe de côté & d'autre.)

CANDOR.

(Pendant l'Ariette fuivante, les Moiffonneurs cou-
pent les bleds dans le fond du théâtre ; Rofine
les fuit & glane.)

COMÉDIE. 17

ARIETTE.

Heureux qui fans foins , fans affaires,
Peut cultiver fes champs en paix !
Le plus fimple tôit de fes peres
Vaut mieux que l'éclat dés Palais.
Ma terre rend avec ufure
Tous les préfens que je lui fais ;
Et j'obferve que la nature
N'eft qu'un échange de bienfairs.
Que les Grands près de nous fe rendent ,
Qu'ils viennent prendre une leçon.
Ils perdent les biens qu'ils répandent ,
L'ingratitude eft leur moiffon.
Heureux qui fans foins, fans affaires , &c.

RUSTAUT, *à Rofine.*
Que fait donc là cette petite fille?
Retirez-vous.

ROSINE.
Mais...

RUSTAUT.
Mais cela babille.
Je m'embarraffe peu de votre air chiffonné.
Vous perdez avec moi vos mines gracieufes.
Attendez qu'on ait moiffonné ;
Imitez les autres glaneufes.

ROSINE, *laiffant tomber les épis qui font dans*
fon tablier.
Monfieur, ne grondez pas fi fort.
Tenez , je vous rends tout , fi je vous ai fait tort.

CANDOR, *bas à Ruftaut.*
Pourquoi la chagriner ? Elle eft jolie & fage.
Elle eft dans le befoin. Je ne fais rien de pis
Que de mortifier les gens que l'on foulage.

Laisse tomber beaucoup d'épis,
Pour qu'elle en glane davantage.
(*Pendant ce tems , Rosine essuie avec son tablier*
de petites larmes qui coulent de ses yeux.)

RUSTAUT.

Hon! vous êtes trop bon.

CANDOR.

Tais-toi.

On s'enrichit de ce qu'on donne ;
Le malheur est sacré pour moi.
Ramasse ces épis; fais ce que je t'ordonne.

RUSTAUT, *en remettant dans le tablier de*
Rosine les épis qu'elle a laissé tomber.

Prenez donc tout le champ , puisque Monsieur le
veut.

ROSINE.

J'en userai d'une façon prudente.

CANDOR , *à part.*

Sa douceur me touche & m'émeut.
Elle est vraiment intéressante.

SCENE V.

DOLIVAL, CANDOR.

DOLIVAL.

HE! bon jour, mon cher oncle.

CANDOR.

Ah! Dolival, c'est-toi.
Je ne t'attendois pas , mon ami ; je te voi
De bien bonne heure cette année.

DOLIVAL.

DOLIVAL.

Je me suis dérobé pour faire une tournée.
Il faut bien que Paris se passe un peu de moi.
Mais je ne serai pas longtems ici ; je croi.
  (*Regardant de côté & d'autre avec inquié-*
  tude ; mais sans affectation.)
Certaine affaire ... il faut qu'elle soit terminée...
J'ai toujours pour la chasse une ardeur effrénée.
Mon oncle, les perdreaux sont-ils déjà bien forts?

CANDOR.

La plaine n'est pas découverte ;
Et j'en respecte les trésors :
Aucun plaisir ne peut en compenser la perte.

DOLIVAL.

Tout en courant la poste, observant le pays,
  (C'est à quoi je prends toujours garde)
Je n'ai pas découvert une seule perdrix :
Il ne s'est pas offert à mes yeux un seul garde.

CANDOR.

Mes gardes sont mes habitans.

DOLIVAL.

Ah ! mon pauvre oncle, je parie
Qu'à braconner la terre, ils passent tout leur tems.

CANDOR.

Cela se peut ; mais ma table est servie.

DOLIVAL.

Mais vous n'avez donc pas le plaisir de tuer ?

CANDOR.

Quel est ce plaisir-là ?

DOLIVAL.

C'est le seul dans la vie
Pour un chasseur adroit qui sait l'effectuer.

18 LES MOISSONNEURS,

Je vais toujours en plaine.
Avec une douzaine
De beaux & bons fusils :
Pour que mes faits éclatent,
Vingt valets me rabatent
Le gibier du pays.
En l'air, sur votre tête :
A vous, le coup du Roi.
Pan, pan, le coup du Roi.
Il court : arrête, arrête.
Brillant, Diane, à moi.
Une caille ; elle est morte.
Un levreau ; pan, à bas.
Un faisan ; pan, apporte.
Pan, pan, à chaque pas.
Apporte, apporte, apporte.

Pendant un jour entier,
(Quel plaisir que la chasse !)
J'abbats & je terrasse
Cent pieces de gibier.
Un Faisan, vingt perdreaux,
Six lapreaux,
Dix levreaux.
Une caille ; elle est morte :
Apporte, apporte, apporte.
Pendant un jour entier, &c.

CANDOR.

Mon cher neveu, je te plains & je t'aime ;
Mais j'ai pitié de tes plaisirs.

Plus délicat que toi, je jouis de moi-même.
Le calme de mes jours vaut mieux que tes defirs.

DOLIVAL.

Mais, mais enfin quand on s'ennuie ....
Mon cher oncle, avez-vous de la société ?

CANDOR, *montrant ſes moiſſonneurs.*

Mon ami, la voilà.

DOLIVAL.

Mais, mais en vérité
Cela fait bonne compagnie !

CANDOR.

Oui, très-bonne, & j'en fais grand cas.
Nous devons notre vie aux efforts de leurs bras.
Cette eſpece que tu méprifes,
Eſt victime des gens qui ne ſervent à rien.
Quand vous avez au jeu perdu tout votre bien,
Vous les preſſurez tous pour payer vos ſottiſes.
Les excès où vous vous plongez
Ferment vos cœurs, les endurciſſent.
Les oiſifs ſont heureux, les travailleurs gémiſſent.
Ils font valoir vos biens, & vous les engagez :
Vous les ruinez tous, quand vous vous dérangez.
Vos dépenſes les appauvriſſent :
Ils cultivent la terre, & vous la ſurchargez.

DOLIVAL, *à part.*

Mon oncle a de vieux préjugés.

(*Haut.*)

Comme vous voilà fait, mon oncle ! La décence
Veut un habillement conforme à la naiſſance ;
On vous prendroit pour un fermier.

CANDOR.

J'ai l'honneur d'en être un, je fais valoir ma ferme.

Et je me livre tout entier
Aux détails infinis que cet emploi renferme.
Je tire vanité de l'habit du métier.

DOLIVAL.

Mais l'étoffe pourroit en être moins grossiere.

CANDOR.

C'est bon pour le soleil, la pluie & la poussiere.

DOLIVAL.

Vous êtes presque mis comme vos habitans.

CANDOR.

Eh ! mais sans doute. Il n'est pas nécessaire
Qu'un Seigneur qui n'est qu'un bon pere,
Soit plus paré que ses enfans.

DOLIVAL.

Votre maison a l'air d'une caserne :
Comment ! depuis un an, vous n'avez rien changé !
Je vous l'ai dit cent fois ; vous êtes mal logé.
Oh ! c'est un soin qui me concerne.
Je veux vous amener l'Architecte que j'ai :
Il sçaura lui donner un petit air moderne.

CANDOR.

Un Architecte fait aux anciens bâtimens
Ce qu'un Docteur en Médecine
Fait aux foibles tempéramens.
A force d'y toucher, il hâte leur ruine.
Si j'avois avec moi grand nombre de valets,
Si j'étois grand Seigneur, ou si j'étois né Prince,
On me sauroit bon gré d'élever des Palais,
Pour faire circuler l'argent dans ma Province.
Mon cher neveu, je veux que ma maison
De simple & modeste apparence

Annonce, aux yeux de la raifon,
Plus de commodité que de magnificence.
Pour y bien recevoir mes amis, mes égaux,
Je veux, comme mon cœur, qu'elle foit à l'antique.
La gaieté, le bonheur font fous un toît ruftique.
Ils s'égarent dans des châteaux.

DOLIVAL.

Mon oncle, cependant fi vous vouliez comprendre ....

CANDOR.

Mon tems eft précieux ; je le perds à t'entendre ;
Et mes momens feront mieux employés ailleurs,
Prends mes furets : je te ferai conduire
Sur tous les terriers les meilleurs.
Les lapins mangent tout, tâche de les détruire ;
Moi je vais retourner avec nos Moiffonneurs.

DOLIVAL, *appercevant Rofine qui glane.*

La voilà, la voilà ; c'eft elle...
Je fuis dans un raviffement...
Plus que jamais...

CANDOR.

Hem ! que dis-tu ? Comment ?

DOLIVAL.

La Chaffe. ..

CANDOR.

Cours où le plaifir t'appelle.

DOLIVAL.

Vous êtes à préfent dans de grands embarras ;
Je vais de mon côté...

CANDOR.

Soit. Comme tu voudras.

DOLIVAL.

Abordons-la , tandis que rien ne m'en empêche.
*(Il joint Rosine , & ramasse des épis qu'il lui
présente. Rosine s'éloigne de lui avec
précipitation ; Dolival la suit.*

SCENE VI.

CANDOR, LE VIEILLARD, RUSTAUT.

CANDOR, *à part.*

IL ne s'occupera que de frivolités...
*(Il apperçoit le bon Vieillard Guillot qui puise
de l'eau à la fontaine pour se désalterer.)*
Arrêtez , bon-homme , arrêtez ;
Qu'allez-vous boire ?

LE VIEILLARD.

De l'iau fraîche ,
Tout sortant de sa source , & c'est un vrai régal.
Quoi ! Vous me l'ôtez ?

CANDOR.

Oui ; vous êtes tout en nâge ,
Accablé de fatigue , & surtout à votre âge ,
La fraîcheur de cette eau peut vous faire du mal.

LE VIEILLARD.

Ah ! Monseigneur ; qu'vous avais l'ame bonne !
Vous daignais vers le pauvre adresser un regard.

CANDOR.

Holà ! Ruftaut , approche & donne
De mon vin à ce bon Vieillard.

LE VIEILLARD.

Ah ! Monfeigneur ; ça ne peut pas fe croire.
Quoi ! vous ne comptez pas mes pauvres jours
   pour rien ?
  Vot' bonté me fait plus de bien ,
  Que le vin qu'ous me faites boire.

CANDOR.

Le foleil darde ici trop fort, mon cher Ruftaut :
Conduis nos Moiffonneurs au bas de la montagne,
  Où l'ombre encor s'étend fur la campagne.

RUSTAUT.

  C'eft bien dit ; nous aurons moins chaud.

CANDOR.

Attends , attends ; je vais les conduire moi-même.

LE VIEILLARD.

  Queu bon Seigneur ! le ciel nous l'a donné.

CANDOR.

  Pendant ce tems , ordonne leur dîné.
  Ah ! ces pauvres gens , je les aime ;
  Je veux manger fans façon avec eux.
  Ce repas-là fera joyeux ,
  Et nous ferons entre nous autres.
Si mon neveu fe croit trop grand Seigneur ,
  Et fe refufe le bonheur
  D'être aujourd'hui des nôtres ,
Tu le feras fervir féparément ,
  Il s'ennuira feul noblement.
Écoute , écoute encor : Gennevote & Rofine

Avec grand soin cachent ce qu'elles font,
L'estime générale est le bien qu'elles ont;
Mais c'est le seul. Leur état me chagrine.
Tâche de démêler leur secret.

RUSTAUT.

J'imagine
Que vous voulez devenir leur soutien.
C'est bien fait; je suis bon, & ne m'oppose à rien,
Obliger n'est jamais une dépense folle.
J'ai du plaisir, quand vous faites du bien;
Je suis brutal, quand on vous vole. (*Il sort.*)

SCENE VII.

CANDOR, *aux Moissonneurs.*

ARIETTE.

ENFANS, laissez votre ouvrage;
Venez près de ces côteaux
Pour moissonner à l'ombrage
Que répandent ces ormeaux.
Je remplis les loix certaines
Que mon cœur sait m'enseigner.
Quand vous vous donnez des peines,
Je dois vous en épargner.

Venez, venez près des côteaux, &c.

Conservez-vous pour me plaire...
Votre bonheur est le mien;
J'en suis le dépositaire,
Et c'est veiller sur mon bien.

Venez, venez; &c.

[*Les Moissonneurs viennent à la voix de Candor; il les emmene
pour travailler de l'autre côté de la montagne.*]

Fin du premier Acte.

ACTE II.

SCENE PREMIERE.

DUO.

ROSINE.   DOLIVAL.

AH! laissez-moi, de grace, Restez, restez de grace.
Je n'en ai pas le tems, Vous devez être lasse.
Je n'en ai pas le tems. Causons quelques instans.
Les filles du village Ce n'est pas à votre âge
Avant moi vont glaner. Qu'on s'occupe à glaner;
Ah! laissez-moi, de grace, Vous pouvez moissonner.
Je n'en ai pas le tems. Restez, restez, de grace,
Vous devez être lasse,
Causons quelques instans.

DOLIVAL, *l'arrêtant.*
Votre obstination est vaine;
Vous resterez.
ROSINE.
Quand je vous dis
Que vous me faites de la peine;
Laissez-moi m'en aller.

DOLIVAL.

Je vous chéris.

ROSINE.

Tant pis ;
Voyez , quand vous m'aurez fait perdre ma jour-
née ,
En ferez-vous plus avancé ?

DOLIVAL.

Oui.

ROSINE.

Quand de la moiffon le tems fera paffé ,
Me rendrez-vous mon profit de l'année ?

DOLIVAL.

Oui.

ROSINE.

Serez-vous bien plus heureux ;
Lorfque je pafferai ma vie à ne rien faire ?

DOLIVAL.

Oui.

ROSINE.

Pour moi c'eft tout le contraire :
L'oifiveté rendroit tous mes jours ennuyeux.

ARIETTE.

Pendant toute la femaine
Je me donne de la peine ;
J'en goûte mieux le repos.
Quand arrive le Dimanche ,
Une gaieté vive & franche
Me fait oublier mes maux.
Je mets mon cors , je me lace ,

Je me pare de bleuets ;
En danfant je me délaffe,
Et je ris les jours d'après.

※

DOLIVAL.

Je foutiens que le fort ne vous a pas fait naître
Pour confumer vos jours à travailler ainfi.

ROSINE.

Eh ! bien ; moi je vous dis que fi.
Je le fais mieux que vous, peut-être.
Adieu, Monfieur.

DOLIVAL.

Pourquoi cette rigueur ?
Par quel entêtement voulez-vous vous fouftraire
Aux offres que vous fait mon cœur ?

ROSINE.

Votre cœur ?

DOLIVAL.

Oui.

ROSINE.

Mais moi, je n'en ai point affaire.

DOLIVAL.

Je fuis neveu du bon Monfieur Candor.

ROSINE.

Je le fais bien.

DOLIVAL.

Il vous aime.

ROSINE, *à part.*

Il nous aime !
S'il étoit vrai !

DOLIVAL.

Moi, beaucoup plus encor,
Et je fuis un autre lui-même.
Oui, j'aurai foin de votre fort.
Venez ... comment ! vous êtes défiante ?

ROSINE.

Maman dit que c'eft le plus fûr.

DOLIVAL.

Il faut qu'apparemment vous ayez un cœur dur.
Vous craignez le plaifir d'être reconnoiffante.

ROSINE.

Ma mere affurément me juftifieroit bien.
Ce qu'elle fait pour moi me rend heureufe;
Ma tendreffe jamais ne fe dément en rien,
Et fi je vous devois, j'en deviendrois honteufe.

DOLIVAL, *avec empreffement.*

Ma chere enfant, vous avez tort.

ROSINE.

Permettez-moi d'aller chercher ma mere.
Elle eft déja fur l'âge, & c'eft avec effort
Qu'elle prend une peine à fa fanté contraire.
Moi je fuis jeune affez pour travailler encor.
Réfervez-lui le bien que vous voulez me faire.

DOLIVAL.

Cela ne fe peut pas.

ROSINE.

Je comprends, pour le coup.
Vous n'avez pas pitié des vieilles.

DOLIVAL.

Pas beaucoup.

SCENE II.

ROSINE, DOLIVAL, GENNEVOTE.

ROSINE, *à Gennevote.*

Vous venez à propos, maman, prenez ma
 place.
De ce Monfieur la bonté m'embarraffe.
C'eft un bien honnête-homme au moins, ce Mon-
fieur-là.
On en trouve pourtant beaucoup de cette forte,
 Et la compaffion le porte
A fecourir la jeuneffe.

GENNEVOTE.

    Oui-dà !

Et la vieilleffe ?

ROSINE, *en rentrant dans la cabane.*
   Il vous dira cela.

SCENE III.

GENNEVOTE, DOLIVAL.

DOLIVAL.

JE fais le plus grand cas de votre connoiſſance,
Ma bonne, je vous vois avec un vrai plaiſir.

GENNEVOTE.

Eh! qui peut, s'il vous plait, vous donner ce deſir ?
Ce n'eſt pas ma magnificence.

DOLIVAL.

Je ſuis touché de voir votre malheur :
Je veux que vous ſoyez contente.

GENNEVOTE, à part.

Je l'ai toujours penſé, c'eſt un franc ſéducteur.
(Haut.)
Cette promeſſe ſurprenante...
Par-où puis-je la mériter ?

DOLIVAL.

Comment donc! vous avez une fille charmante.

GENNEVOTE.

Ah! votre compliment doit beaucoup me flater.

DOLIVAL,
AIR.

Que Rosine est touchante & belle !
Elle plaît sans le rechercher.
La nature y songe pour elle,
Et défend à l'art d'y toucher.
Sa figure douce & naïve
Est semblable à la fleur des champs,
Qui, sans soins, sans qu'on la cultive,
Naît de l'haleine du printems.
Mais pour plaire encor davantage,
Il faudroit qu'elle eût un amant.
L'amour est le fard de son âge ;
Et l'on s'embellit en aimant.
L'amour est le zéphir des belles :
Les belles sont autant de fleurs ;
Il les caresse avec ses aîles,
Pour faire naître leurs couleurs.

GENNEVOTE.

La morale est assez gentille !
Elle tend à former le cœur !
Et si j'y consentois, vous me feriez l'honneur
D'être le zéphir de ma fille ?

DOLIVAL.

Pouvez-vous, sans verser des pleurs,
Voir les travaux flétrir ses attraits enchanteurs
Pour soulager un peu votre indigence ;
Et bravant du soleil les brûlantes ardeurs,
Tirer avec effort sa foible subsistance
Des épis que les Moissonneurs
Laissent tomber par négligence ?

GENNEVOTE.

Pour d'autres ce n'eſt rien ; pour nous c'eſt abondance.

DOLIVAL.

Sans s'expoſer aux ſoupçons , aux mépris ,
Roſine , j'en ſuis ſûr , trouveroit dans Paris
Les reſſources les plus honnêtes.

GENNEVOTE, *ironiquement.*

Les connoiſſez-vous bien ?

DOLIVAL.

Sitôt qu'on la verroit ,
Ses charmes tourneroient les têtes.

GENNEVOTE.

Peut-être en même tems la ſienne tourneroit.

DOLIVAL.

Eh ! non, ma bonne, non : Paris eſt une Ville
Où la vertu trouve plus d'un aſyle.
Soyez ſûre que j'ai raiſon.
Roſine avec honneur vivroit dans la maiſon
De quelque Dame reſpectable.

GENNEVOTE.

Vous voulez dire ſecourable.

DOLIVAL.

Elle ne manqueroit de rien.

GENNEVOTE.

Elle regretteroit alors ſa pauvre mere ,
Mon bonheur lui tient lieu de bien ;
Ce fut dans tous les tems ſon premier néceſſaire.

DOLIVAL.

Elle ſe feroit une loi

De

De vous tirer de l'indigence.

GENNEVOTE.

Je ne la verrois pas, Monſieur, & ſa préſence
Eſt le plus grand ſecours pour moi.

DOLIVAL.

Elle ſeroit heureuſe & reſpectable ;
On lui trouveroit un parti.

GENNEVOTE.

Ce n'eſt pas le mot véritable.

DOLIVAL.

Et quel eſt-il donc ?

GENNEVOTE.

Le voici.
On lui propoſeroit de lui faire un parti.
Dans un état obſcur, Roſine a l'ame haute ;
Et je lui dis ſouvent, comme une vérité,
Qu'on ſupporte la pauvreté
Bien plus aiſément qu'une faute.
J'aime bien mieux la voir regagner la maiſon,
Chantant gaiement une chanſon,
Et portant leſtement ſur ſa tête une gerbe,
Que de la voir parée, à ſa confuſion,
D'un aſſortiment cher & d'un habit ſuperbe.
Son éclat troubleroit notre douce union.
Un argent mal acquis eſt toujours un mécompte.
Roſine eſt aſſez riche avec un bon renom.
J'aime mieux pour ſecours ſes peines que ſa honte.

(Elle rentre dans la cabane.)

C

SCENE IV.

DOLIVAL *interdit.*

PEUT-on penser si bien dans un état si bas !
Parbleu ! ces femmes-là m'étonnent....
D'honneur, je ne les conçois pas...
Voyons ... sans qu'elles me soupçonnent...
On ne peut les séduire ; il faut donc les gagner.
Oui : je ne veux rien épargner.

SCENE V.

DOLIVAL, RUSTAUT.

DOLIVAL, *appellant Rustaut qui traverse le théâtre.*

RUSTAUT, Rustaut, écoute ; arrête.

RUSTAUT.

Non, bien-tôt pour nos gens c'est l'heure du dîner ;
Et je vais voir si l'on s'apprête ...

DOLIVAL.

Je ne veux qu'un moment, tu peux me le donner :
Voilà quatre louis pour arrêter ta course.

RUSTAUT.

Pour qui ?

DOLIVAL.
Pour toi. Prends encor cette bourse.

RUSTAUT.
Pour qui ?

DOLIVAL.
Pour Gennevote & Rosine.

RUSTAUT.
Ah ! tant mieux.

DOLIVAL.
On dit que leur état est vraiment malheureux,
Qu'elles ont besoin de ressource.

RUSTAUT.
Ah ! que j'ai de plaisir à vous voir vertueux,
Et prompt à soulager les gens dans la détresse !
Vous tenez de votre oncle.

DOLIVAL.
Oui, beaucoup.

RUSTAUT.
Mais pourquoi
Me donner de l'argent à moi ?
Je n'en ai pas besoin.

DOLIVAL.
C'est pour qu'avec adresse,

RUSTAUT.
Plait-il ?

DOLIVAL.
Tu dises en douceur ...
Qu'à leur destin on s'intéresse.

RUSTAUT.
Vous plairez bien à l'oncle, en agissant ainsi !

C ij

DOLIVAL.

Madame Gennevote est un peu trop sévere.

RUSTAUT.

Elle a bien du mérite, & monsieur la révere.

DOLIVAL.

Et Rosine ?

RUSTAUT.

Monsieur l'estime fort aussi,
Il la distingue, il la préfere
A toutes les filles d'ici.

DOLIVAL.

J'entends, j'entends ... il la préfere.

RUSTAUT.

Lorsque je dis qu'il la trouve à son gré,
Je n'entends point y mettre de mystere.

DOLIVAL, à part.

Ah ! mon pauvre oncle !... A son âge on préfere ;
Mais au mien on est préféré.

RUSTAUT.

Mais Monsieur ....

DOLIVAL.

C'est assez. Observateur fidele
Et de leurs actions & de tous leurs discours,
Il faut m'en rendre compte ; & cela tous les jours.
Mes libéralités égaleront ton zéle.
N'en dis rien à mon oncle.

RUSTAUT.

Oh ! non.

SCENE VI.

RUSTAUT, *seul.*

JE me défie un peu de son intention.
J'appartiens à son oncle, & le devoir m'engage
A l'informer de ma commission ;
Je ne veux point jouer un vilain personnage,
Quoique cela soit fort commun.
On n'est libéral, à son âge,
Que pour faire piece à quelqu'un.

ARIETTE.

Argent, argent, maître du monde,
Tu regnes sur tous les états ;
Tous les jours, en faisant ta ronde,
Tu fais faire bien des faux-pas.
A nos devoirs tu mets un terme ;
La vertu, loin de tes attraits,
Qui sur ses jambes se croit ferme,
S'y tient bien mal, quand tu parois.

Argent, argent, &c.

SCENE VII.

CANDOR, RUSTAUT.

CANDOR.

EH bien ! as-tu quelque chose à m'apprendre?

RUSTAUT.

Oui, vraiment : votre cher neveu
Vous ressemble ; il a le cœur tendre :
Dès qu'on nomme Rosine, on le voit tout en feu.
Et ce qui va plus vous surprendre,
C'est que de son argent il fait un bon emploi.

CANDOR.

Comment ?

RUSTAUT.

Il m'a donné quatre louis pour moi ;
Et cette bourse pour Rosine.

CANDOR.

Ah !

RUSTAUT.

Vous voyez que c'est montrer
Son intention clandestine.

CANDOR, *d'un air imposant.*

Il ne t'appartient pas d'oser la pénétrer.
(*A part.*)
Mon neveu l'aimeroit?.. Oui ; la saison derniere,
J'ai remarqué...

RUSTAUT.

Vous voyez clairement...

CANDOR.

(A part.)   *(Haut.)*
Nous faurons ... Obéis , très-ponctuellement ;
    Mais le malheur rend l'ame fiere.
Rofine eft dans le cas. Garde-toi de ternir
    Le bien qu'on t'a chargé de faire.
Il faut exécuter ces ordres de maniere
Qu'elle ne fache pas d'où cela peut venir.

RUSTAUT.

J'entends.

CANDOR.

    T'a-t-on parlé de Gennevote ?

RUSTAUT.

Oui, oui ; la Coufine Gérard,
La Commere Nicole , & puis Jeanne Marote
Avec la femme à Mathurin Trinquart ;
    Je les vois là-bas qui moiffonnent.

CANDOR.

Je voudrois les interroger.

RUSTAUT.

Elles cherchent toujours ceux qui les queftionnent.

CANDOR.

Nos gens doivent avoir grand befoin de manger ;
Va les chercher.

RUSTAUT.

    Je vais répondre à votre attente ;
Car je me fens preffé d'une faim dévorante.

※

SCENE VIII.

CANDOR, TROIS COMMERES.

CANDOR.

Bonnes femmes, venez à moi ;
J'ai des queſtions à vous faire.

LA TRINQUART,

Ah ! tant mieux, Monſeigneur ; j'n'aimons pas à
nous taire.

NICOLE.

Quand je parlons, j'ſavons toujours pourquoi.

MAROTE.

Le pourquoi n'eſt pas néceſſaire.

LA TRINQUART.

Mais apparemment, ma Commere,
Je parlóns pour notre plaiſir.

CANDOR.

Sur un fait, il faut m'éclaircir.

LA TRINQUART.

Bon Dieu ! oui, Monſeigneur ; j'ons l'âge.
J'ons vû trent'-neuf moiſſons ; j'avons eu tout le
tems
D'examiner tout le village.
Je ſavons les tenans & les aboutiſſans.

NICOLE.

Oui, je vous dirons bien qu'la fille à Mathurine
S'laiſſe engeoler par le fils à Piar'-Jean,

MAROTE.

Bon chien chaffe de race : & n'favais-vous pas bian
Que de peur d'en manquer, la petite Claudine
A trois amoureux.

LA TRINQUART.
Oui !

NICOLE.
Comment donc ! ma coufine,
Vous l'ignoriais ? Mais d'où venais-vous donc ?

MAROTE.
Et la femme à Jacques Cardon
Trouve notre meunier homme de bonne mine.

LA TRINQUART.
Et la meuniere en donne à moudre à fon mari ;
J'allons vous raconter fes tours.

MAROTE.
J'en ons ben ri.

NICOLE.
Pour tromper, celle-là rafine.

CANDOR.
Mais à la fin on fe taira.
Et peut-être qu'on m'apprendra...

MAROTE.
Quoi, Monfeigneur ?

CANDOR.
Ce qu'eft Gennevote, & Rofine.

LA TRINQUART.
Oui, oui ; j'allons vous dire ça.

MAROTE.
Gennevote eft brave femme.

NICOLE.

Point de malice dans l'ame.

LA TRINQUART.

Mais on sait ce qu'on en contoit.

CANDOR.

Voyons.

MAROTE.

Monseigneur, elle étoit
Au tems jadis une Dame.

NICOLE.

Oui, vraiment, une Madame.

LA TRINQUART.

Bonne femme.

NICOLE.

Brave femme.

LA TRINQUART.

Quand j'allions à l'école ensemble...

CANDOR.

Allons au fait,
Parlez, parlez, Dame Marote.

MAROTE.

Eh bien ! la pauvre Gennevote
Mangea son pain blanc le premier ;
Alle portoit un grand panier,
Rubans, robe de soie & mantelet.

NICOLE.

Qu'importe ?

LA TRINQUART.

Qu'importe ?

En-
sem-
ble.

MAROTE.

Mais aujourd'hui, pour son malheur ;

C'eſt un habit de laine qu'elle porte.

LA TRINQUART.

V'là ç'que c'eſt d'avoir un bon cœur.

CANDOR.

Connoiſſez-vous ſa famille ?

NICOLE.

Oui, Monſeigneur, elle eſt fille.

MAROTE.

Elle eſt femme.

LA TRINQUART.
Veuve.

NICOLE.
                            Non.

Vous n'ſçavais pas la raiſon.

MAROTE.

La raiſon ?.. Mieux que vous, peut-être;
Un biau Monſieur de Mélincour.
(Candor paroît frappé du nom de Melincour.)
Un jour,
Avec li, la fit diſparoître.
Vous voyais qu'alle eſt femme.

En-   NICOLE.
ſem- { Vous voyais qu'alle eſt fille.
ble.   LA TRINQUART.
Vous voyez qu'alle eſt veuve.

MAROTE.

Eh ! non, non, non.

LA TRINQUART & NICOLE.
                            Si, ſi.

MAROTE.

Partant, Monſeigneur, on devine

Que son compagnon si joli...

NICOLE.

Li fit un présent de Rosine.

LA TRINQUART.

Pour qu'all' se souvienne de li.

CANDOR.

Ah ! me voilà bien éclairci !
C'en est assez : au lieu de me tirer de peine...
Ah ! voici nos Seyeux que Rustaut me ramene...

SCENE IX.

RUSTAUT, LES MOISSONNEURS, CANDOR, LES COMMERES.

CANDOR.

Allons , mes chers enfans , venez m'envi-
ronner ;
C'est votre ami qui vous rassemble :
L'heure vous appelle au dîner ;
Nous allons tous manger ensemble.
Pour travailler de meilleur cœur ,
Reprenez des forces nouvelles ;
(*A Rustaut.*)
Mets la nappe sur ces javelles.
Voilà la table du bonheur.
Je ne vois point Rosine.

MAROTE.

Elle n'est que glaneuse,
Pourquoi mangeroit-elle ?

LA TRINQUART.

Alle ne gagne rien.

CANDOR.

Elle en eſt plus à plaindre.

NICOLE.

Alle n'a pas de bien

Alle n'en fait pas moins la glorieuſe.

SCENE X.

DOLIVAL, GENNEVOTE, ROSINE, RUSTAUT, *les Moiſſonneurs & les Commeres.*

DOLIVAL, *tirant Roſine par le bras à la porte de la chaumiere.*

ROSINE ne veut pas venir,
Mon oncle.

ROSINE.

Eh bien ! voulez-vous donc finir ?

CANDOR.

Venez, venez, Roſine.

ROSINE.

Oh ! je ſuis trop honteuſe.

CANDOR.

Gennevote, venez auſſi.

GENNEVOTE.

Monſeigneur, excuſez : nous ſommes bien ici.

CANDOR.

Je vous l'ordonne ; allons.

GENNEVOTE.

C'eft par obéiffance.

CANDOR.

A mes côtez, placez-vous toutes deux.

ROSINE.

Ah ! Monfeigneur...

DOLIVAL.

Ayez plus d'affurance.

NICOLE.

J'allons faire un diner joyeux.

(*Les Moiffonneurs s'affeyent fur des gerbes.*)

CANDOR, *à Dolival qui veut s'affeoir à côte
de Rofine ; il lui indique une place plus éloignée.*
Paffe là.

MAROTE *fait remarquer à une des Commeres,
que Candor a fait affeoir Rofine auprès de lui.*
Que dis-tu de cette préférence ?

CHŒUR *des Moiffonneurs & des Moiffonneufes,*

Ah ! queu régal !

Notre bon Maître

Veut bien paroître.

Notre égal.

(*Pendant ce chœur on fert à chacun un potager
rempli de foupe avec un morceau de falé, du pain
& du fromage.*)

PIERRE.

Oh ! tatigué, v'là de bian bonne foupe.

Le Pere TRINQUART.

Cela refait fon homme.

JEROSME.

Un grand Docteur,

Qui fait bien ce qu'il faut pour réjouir le cœur,

Dit qu'après le potage, on doit, à pleine coupe,
Sabler un bon coup de vin pur.

GUILLOT.
Voir'ment, pour l'estomach, c'est un remede sûr.

COLAS.
Ça chasse itou l'himeur melancolique.

CANDOR.
Il est aisé de le mettre en pratique ;
Rustaut, sers chacun à son gré.

LE Pere TRINQUART.
Aveins notre tasse, ma femme.

NICOLE.
Tiens, la v'là.

JEROSME.
V'là la mienne itou.

RUSTAUT.
C'est un pot !

JEROSME.
Dame !
C'est-là ma tasse, à moi, quand je suis alteré.

CANDOR.
Allons, Rosine ; allons, ma bonne femme.

GENNEVOTE.
Nous ne buvons pas, Monseigneur.

CANDOR.
A ma santé ?

GENNEVOTE.
C'est de toute notre ame.

ROSINE.
Vous nous faites bien de l'honneur.

CANDOR.

A I R.

C'eſt en buvant qu'on ſe délaſſe.
Buvez à moi, je bois à vous.
Que nos cœurs, comme chaque taſſé,
Sans ceſſe ſe rapprochent tous.

CHŒUR *de Moiſſonneurs & Moiſſonneuſes.*

C'eſt en buvant qu'on ſe délaſſe.
Buvons, buvons, rien n'eſt ſi doux.
Que nos cœurs, comme chaque taſſe,
Sans ceſſe ſe rapprochent tous.

LA TRINQUART.

Regarde, Monſeigneur verſe à boire à Roſine.

MAROTE.

Elle eſt bienheureuſe.

NICOLE.

Bon ! bon !
On a peut-être une raiſon.

LA TRINQUART.

Je n'en répondons pas.

MAROTE.

Tais-toi donc, ma couſine.

NICOLE.

Queu babillarde !

COLAS.

COLAS.

Mais paix donc.
Lorsque je bois, je n'aime pas qu'on cause.

Le Pere TRINQUART.

La soif est une belle chose.

DOLIVAL.

Allons, Rosine, une chanson.

ROSINE.

Je n'en sais point.

LA TRINQUART.

Dis-en toi, ma Commere.

MAROTE.

Eh! mais, tredame! pourquoi non,
A Monseigneur si ça peut plaire?

NICOLE.

Monseigneur chantera le r'flin.

CANDOR.

Oui, oui, oui.

LA TRINQUART.

Mettons-nous en train.

MAROTE.

O le bon tems que la moisson !
On est ensemble sans façon.
Auprès de nos jeunes fillettes
On voit toujours queuques garçons,
Qui guettont sous les collerettes,
Et pis qui contont leurs raisons:
O le bon tems que la moisson !
On est ensemble sans façon.

Le soir, on s'en va dans la grange,
Les gerbes y sont à foison ;
Tandis que chacun les arrange,
Pierrot s'arrange avec Lison.
   O le bon tems que la moisson ! &c.

Jérôme apporte une galette
Avec un morciau de jambon.
Mais où fera-t-il la dinette ?
C'est sur les genoux de Suzon.
   O le bon tems, &c.

Fillette novice soupire,
Elle n'en sait pas la raison ;
Mais l'amour, qui cherche à l'instruire,
Lui fait trouver un bon garcon.
   O le bon tems, &c.

A sa bonne femme Gertrude,
Charlot, déjà presque barbon,
L'aimant toujours par habitude,
Fait présent d'un petit poupon.
   O le bon tems, &c.

DOLIVAL.

L'amour fait souvent qu'on oublie
Naissance, fortune & raison.
Avec une fille jolie,
Un Roi peut être à l'unisson.
   O le bon tems, &c.

RUSTAUT.

Allons, l'heure annonce le terme
Où doit cesser votre repos.

Signalez-vous par des efforts nouveaux.
De crainte que le bled fur la terre ne germe,
Mettez les gerbes en monceaux :
Dans les granges qu'on les enferme ;
Et que les meules de la ferme
Aux regards des paffans atteftent vos travaux.

CANDOR.

A ici.

Honneur, honneur
Au Moiffonneur,
De l'indigence
Confolateur ;
De l'abondance
Il eft l'auteur.
Pour l'opulence ,
Pour la Grandeur ;
Point de bonheur ,
Sans laboureur.
Honneur , honneur
Au Moiffonneur.

Tous en s'en allant.

Honneur, honneur
Au Moiffonneur.

(Les Moiffonneurs retournent à leur ouvrage. Dolival fait femblant de fuivre Candor ; il revient fur les pas de Rofine & de Gennevote : il veut les aborder lorfqu'elles font prêtes à rentrer dans leur chaumiere. Gennevote fait rentrer Rofine , fait une grande révérente à Dolival , & ferme brufquement fa porte.)

D ij

SCENE XI.

DOLIVAL, *seul.*

» Ses mépris irritent ma flamme ; *
» De mon projet je veux venir à bout ;
» Et je me détermine à tout,
» Pour enlever Rosine à cette étrange femme.

---

* Ces quatre vers marqués de guillemets se passent à la
Représentation, mais il faut que l'Acteur y supplée par un
mouvement de dépit, qui en fasse sentir l'équivalent.

Fin du second Acte.

ACTE III.

SCÈNE PREMIERE.

RUSTAUT *seul.*

CETTE bourse-là m'embarrasse.
Je n'aime point l'argent, quand il n'est pas à moi.
Voyons ce qu'il faut que je fasse
Pour m'acquitter de mon emploi.
Sans hésiter, dans cette bourse
Remettons ces quatre louis :
Du malheur qu'on soulage augmentons la res-
source ;
Une bonne action doit se faire gratis.
Je les vois toutes deux sortir de leur chaumiere :
Il faudroit agir de maniere ....

SCENE II.

GENNEVOTE, ROSINE, RUSTAUT.

GENNEVOTE, *portant à son bras un grand panier rempli d'écheveaux de fil.*

JE vais porter ce fil au Tisserand.

ROSINE.

Ma mere,
Laissez-moi le porter.

GENNEVOTE.

Il n'est pas nécessaire.

ROSINE.

Cette charge est d'un trop grand poids,

GENNEVOTE.

Ce n'est que ma tâche d'un mois.

ROSINE.

Ce panier est trop lourd.

GENNEVOTE.

Non, non.

ROSINE. *Elle ôte le panier du bras de Gennevote, & le pose sur le banc.*

Laissez-moi faire,

GENNEVOTE, *avec un peu d'humeur.*

Non,

ROSINE.

Non ! Si vous avez pour moi de l'amitié,
Vous n'en prendrez, au plus, que la moitié,
Ou ce soir, ou demain, je porterai le reste,

(Elle ôte du panier, malgré Gennevote, une partie
des échevaux de fil, les pose sur le banc, & dit en
la regardant avec amitié.)

Oui, la, la... fâchez-vous. Par quel deſtin funeſte
Rendez-vous votre état le plus dur des états ?
Vous abrégez vos jours. Vous ne m'aimez donc
    pas ?

GENNEVOTE, *encore avec un peu d'humeur.*

    Eh ! la jeuneſſe a bien de l'avantage ...
Mais elle eſt expoſée à des dangers ...

ROSINE.

                  Comment ?

RUSTAUT, *derriere, guettant l'occaſion de*
placer la bourſe, ſans être apperçu.

    Si je pouvois tout doucement ...

GENNEVOTE, *ſe radouciſſant.*

    Roſine, quand on a ton âge,
    Ces dangers-là ſont un amant.
Je t'aime trop pour que tu me chagrines.
    L'honneur, ô ma très-chere enfant !
    Eſt un collier de perles fines,
    Qu'il faut conſerver en entier :
Un ſeul grain détaché, le reſte ſe défile.
    Retiens cette leçon utile :
Il ne faut jamais perdre un grain de ſon collier.

ROSINE.

Je ſuis ſûre d'avoir toujours une ame honnête.

RUSTAUT.

Tandis qu'elles tournent la tête.

Mettons la bourſe à côté du panier.

(Il la poſe ſur le banc & dit à Dolival, qu'il
rencontre au fond du Theâtre :)

J'ai gliſſé votre argent.....

DOLIVAL.

Écoute.

(Il le tire à part, pour lui parler en particulier.)

ROSINE.

Sur ma conduite auriez-vous quelque doute ?

GENNEVOTE.

Non, & je crois que ton cœur libre encor
Du moindre attachement n'a pas les apparences ;
Mais parle vrai ; dis-moi ce que tu penſes
Du neveu de Monſieur Candor.

ROSINE.

Rien du tout, ſoyez-en certaine ;
Je n'ai pas ſeulement ſur lui jetté les yeux.

GENNEVOTE.

Ma chere Roſine, tant mieux.

ARIETTE.

Prends-y bien garde,
Crains un amant.
Qu'on le regarde
Un ſeul moment.
On ſe hazarde.
Prends y bien garde,
Crains un amant.
Quand on l'écoute,
Cher il en coûte :
L'amour ſurprend.
Et oui, ſans doute
Le cœur ſe rend.

Prends-y bien garde, &c.

On te dira :
Belle Rosine…
On s'écriera :
Elle est divine.
Pour mieux trahir,
L'Amant est tendre ;
Loin de l'entendre,
Il faut le fuir.

Prends-y bien garde, &c.

(Sur la fin de cette Ariette, Dolival s'approche tout doucement pour écouter ce que disent Gennevote & Rosine.)

ROSINE.

Ah ! n'appréhendez rien … Vous devez me con-
noître.

GENNEVOTE.

Oui, tandis que je vais ailleurs,
Va rejoindre nos Moissonneurs.

ROSINE.

Oui, vous avez raison, & bien-tôt j'y vais être.

GENNEVOTE.

Mais comme je serai longtems dehors peut-être,
Et que tu reviendras sûrement avant moi,
Prends la clé.

ROSINE.

Oui, ma mere.

(Pendant que Gennevote cherche la clé dans sa poche, Dolival a le tems de faire son à parte.)

DOLIVAL.

Quoi !
Rosine reviendra chez elle avant sa mere !
Prévenons-la ; ne faisons point de bruit,
Et glissons-nous dans la chaumiere,

Duffé-je, pour l'attendre, être jufqu'à la nuit.
(*Il entre furtivement dans la cabane.*)

GENNEVOTE.

Mets ordre à tout, & fais en forte
Qu'on n'entre point dans la maifon.

ROSINE.

Oui, c'eft bien mon intention :
Commençons par fermer la porte.

(*Pendant que Rofine ferme la porte à double tour,*
fans foupçonner que Dolival eft entré dans la
maifon, Gennevote qui va reprendre fon pa-
nier, apperçoit la bourfe fur le banc.)

GENNEVOTE.

Ah ! ma fille, qu'eft-ce que c'eft...
Que je trouve là ?

ROSINE.

Quoi ?

GENNEVOTE.

Viens voir ; c'eft une bourfe.

ROSINE.

Ciel ! elle eft pleine d'or.

GENNEVOTE.

C'eft ce qui me paroît.
Cet or là dans nos mains ne vient pas à fa fource.

ROSINE.

On s'eft affis fur notre banc.
C'eft quelqu'un qui l'aura laiffée.

GENNEVOTE.

Comme toi, j'en ai la penfée.

ROSINE.

Quel bonheur !

GENNEVOTE.
Oui ; rendons-la.
ROSINE.
Sur le champ,
GENNEVOTE.
Oui, sans doute.
ROSINE.
Il faut qu'on l'affiche
Aux portes du Château ; cela, sans hésiter.
Cette bourse appartient à quelqu'homme bien
riche.
GENNEVOTE.
Et qui par conséquent doit bien la regretter.
Le devoir le plus nécessaire
Est d'aller remettre cet or
Dans les mains de Monsieur Candor :
C'est toi que j'en charge.
ROSINE.
Ah ! ma mere,
Je n'oserai pas.
GENNEVOTE.
Pourquoi donc ?
Il est si doux, si bienfaisant, si bon !
ROSINE.
Je le sais, & je le révere.
Maman, j'irai, si vous voulez.
Mais lorsque je le vois, tous mes sens sont troublés ;
Je n'ai pas la moindre assurance.
GENNEVOTE.
Va, va, ce trouble-là tient encore à l'enfance ;
Mais Candor est ami de la simplicité,
Et ton air de timidité
Lui plaira plus que trop de confiance.

SCÈNE III.

ROSINE, *seule*.

Non, je ne puis soutenir sa présence ;
Mon embarras, mon trouble, ma rougeur....
Un sentiment plus fort que la reconnoissance
Répand le trouble dans mon cœur.

ARIETTE.

Candor est bienfaisant ;
Mais sa douceur extrême
Le rend plus imposant.
Je sais que chacun l'aime ;
Il est la bonté même ;
Qui le voit est content.
Je le sais, & pourtant
Je ne suis plus la même ;
Aussi-tôt qu'il m'entend,
Je tremble, & cependant,
Si tout le monde l'aime,
Je crois l'aimer autant.

SCÈNE IV.

LE VIEILLARD GUILLOT,
ROSINE.

LE VIEILLARD.

JE ne fais pas pourquoi Monfieur Ruftaut m'o-
      blige
De quitter le travail, & me fait le paiement
    De ma journée, Un pareil traitement
      Et me mortifie & m'afflige.
J'ons foixante & dix ans, il eft vrai, bien fonnés.
    Eft-ce être vieux, quand on fe porte
Comme un charme ? J'avons une fanté plus forte
Que ces Godelureaux minces & bien tournés.

ROSINE.

    Vous, en ces lieux, que le hazard attire ;
      N'avez-vous pas entendu dire
Qu'une bourfe eût été perdue ici ?

LE VIEILLARD.

                Qui ? nous ?

ROSINE.

Oui,

LE VIEILLARD.

Je n'en favons rien.

ROSINE.

En voilà pourtant une
Que ma mere a trouvée.

LE VIEILLARD.

Eh ! bien , tant mieux pour vous.

ROSINE.

C'est un bonheur & non une fortune :
Remettez cette bourse à notre bon Seigneur.
Tout le village vous estime ;
On sait combien vous respectez l'honneur ;
Ma confiance en vous est juste & légitime.

LE VIEILLARD,

Quoique pauvre , il est vrai , j'avons des sentimens :
L'honneur est chez les pauvres gens.

(*A Rosine.*)
Mais rendez ce dépôt vous-même.

ROSINE.

Je vous prie...

Faites-moi ce plaisir.

LE VIEILLARD.

Eh ! bien, ma chere amie ;
Votre confiance aura lieu ;
Je rendrons votre bourse , & même toute pleine.

ROSINE.

Mon cher Guillot , je n'en suis pas en peine,
Voilà Monsieur Candor. Adieu.

(*Elle sort.*)

SCÈNE V.

CANDOR, LE VIEILLARD.

CANDOR, *à part.*

TOus les propos de ces Commeres
Me donnent des soupçons sans m'assurer de rien ;
Mais avec Gennevote un moment d'entretien
Me donneroit des notions plus claires.

LE VIEILLARD.

Mon bon Seigneur, j'avons commission
De vous dire qu'on viant de trouver une bourse.

CANDOR.

Qui ?

LE VIEILLARD.

Rosine & sa mère.

CANDOR.

Et la réclame-t-on ?

LE VIEILLARD.

Non, Monseigneur.

CANDOR.

Tant mieux, & c'est une ressource
Qu'elles feront bien de garder.
Personne ne viendra la leur redemander.

LE VIEILLARD.

Mais alle m'a chargé. . . . .

CANDOR.

Guillot, va la lui rendre.
Fais ce que je te dis.

LE VIEILLARD.

Vous me faites comprendre...
Mais....

CANDOR.

Va donc, finis tes propos.

LE VIEILLARD.

Oh! c'eſt lui, c'eſt lui-même; il n'en fait jamais
d'autre.

CANDOR.

Laiſſe-moi, j'ai beſoin d'un moment de repos.

LE VIEILLARD.

Mon bon Seigneur, vous procurais le nôtre;
Il feroit inhumain d'interrompre le vôtre.

(A part, en s'en allant.)
Un tel ſecours leur vient fort à propos.

SCÈNE VI.

CANDOR, ſeul.

ARIETTE.

DEPUIS que le jour nous éclaire,
Mon corps eſt dans l'activité.
C'eſt un travail ſi ſalutaire,
Qui fait ma force & ma ſanté.
Le ſommeil affermit la trame
Des jours qui nous ſont préparés.
Quand on a la paix dans ſon ame,
Les ſens ſont bientôt reparés.

Sur ce gazon, près de cette fontaine,
Le ſommeil va me rafraîchir.
Qui n'a jamais connu le travail & la peine,
N'a jamais goûté le plaiſir.

(Il s'endort ſur le gazon.)

SCÈNE

SCÈNE VII.

CANDOR *endormi*; ROSINE, *avec un faisceau d'épis sur sa tête.*

ROSINE.

ARIETTE.

MA démarche est légère,
Je rapporte chez nous
De quoi nourrir ma mère,
Et ce poids est bien doux.
Pour moi c'est une fête ;
Ma peine est un bonheur :
Le poids est sur ma tête,
Le plaisir dans mon cœur.

Que vois-je ? Ici Monsieur Candor repose,
Respectons son sommeil. Hélas ! si j'étois cause....
Son repos précieux est pour nous un présent.
C'est un bien qui nous intéresse.
Puisse un calme si doux, toujours le délassant,
Etendre sa carriere à l'extréme vieillesse.
Le pauvre n'a d'autre richesse
Que les jours prolongés de l'homme bienfaisant.

E

66 LES MOISSONNEURS,

ARIETTE.

O toi que le hameau révere,
O toi, notre vrai défenseur,
Notre ami, notre tendre père!
Tu reposes avec douceur.
   Ton sommeil facile,
   Sous un ciel d'azur,
   D'une ame tranquille
   Peint le souffle pur.
Tes vœux préservent de l'orage
Nos vendanges & nos moissons;
On connoît l'asyle du sage,
A la paix dont nous jouissons.

Je vais prêter l'oreille ...;
Doucement il sommeille;
Je crains qu'il ne s'éveille:
Le jour a trop d'éclat.
Paix, plaçons cette branche.
Oui, oui, le jour a trop d'éclat.
   Encore cette branche,
   Et vers lui qu'elle panche.
   Mais s'il se réveille....
   Paix, c'est à merveille;
Ah! comme mon cœur bat!

(Elle place autour de Candor les bran-
ches qu'elle a coupées.)

Voyons s'il peut en tirer avantage.
Le soleil est dans sa hauteur ,
Et ses rayons, par-dessus ce feuillage ,
Tombent à plomb sur son visage :
Je vais en modérer l'ardeur.

(Elle détache son mouchoir de col & l'étend
sur les yeux de Candor.)

CANDOR, *en dormant.*

Rosine , Rosine !

ROSINE.

Il me nomme.
Ah ! je l'ai réveillé.

(Elle se sauve , & va se cacher contre la porte de
la chaumière , en avançant la tête de tems en
tems, pour voir si Candor n'est pas fâché qu'on
ait interrompu son sommeil.)

CANDOR *se leve sur son séant.*

Je ne sais pas quel bruit
M'est venu tirer de mon somme.

ROSINE.

Il est fâché.

CANDOR.

J'aurois moins dormi cette nuit;
On m'a rendu service.

ROSINE.

Ah ! que j'en suis émue !

E ij

CANDOR.

Je rêvois, je sentois mon ame suspendue
Entre les restes du sommeil,
Et l'instant qui touche au réveil ;
Rosine s'offroit à ma vue.
Je distinguois les sons de sa voix ingénue.
Je n'éprouvai jamais un sentiment pareil.
Quel est ce voile ?. . .J'examine.. . .
Je ne me trompe pas... quel seroit son dessein ?
C'est celui dont se sert la modeste Rosine,
Pour dérober aux yeux la blancheur de son sein.
Mon songe n'est donc pas une illusion pure.
Cherchons & découvrons quelle est cette aventure.

ROSINE.

Il approche, rentrons.

(Rosine, ouvrant la porte, apperçoit
Dolival, & fuit toute effrayée.)

Ciel ! un homme chez nous !

DOLIVAL.

Rosine, pourquoi fuyez-vous ?

CANDOR.

Que vois-je ? ô funeste lumiere !
Dolival imprudent caché dans la chaumière !..

(Elle revient tremblante.)

ROSINE.

Ah ! Monsieur!... Monseigneur !...

(Elle court, toute épouvantée, à l'autre coin du
Théâtre. Candor la suit. Dolival qui poursuit
toujours Rosine, apperçoit Candor qui a le
dos tourné, & rebrousse chemin.)

SCÈNE VIII.

CANDOR, ROSINE.

CANDOR, *ramenant Rosine.*

Vous voilà hors d'haleine.

ROSINE.

Un Monsieur me pourſuit... J'ai peur.

CANDOR.

Il ſeroit affligé de cauſer votre peine.
C'eſt mon neveu.

ROSINE.

C'eſt pour cela
Qu'il devroit de ſon oncle imiter la conduite.
Nous n'avons rien à nous dire ; voilà
Pour quel ſujet j'ai pris la fuite.

CANDOR.

Je ſuis ſûr que , ſans votre aveu ,
Il étoit dans votre cabane.

ROSINE.

Pourroit-on croire ?... ô Ciel !

CANDOR.

Je le condamne.
(*A part.*) Le ſeul coupable eſt mon neveu.

CANDOR.

Ce voile est-il à vous ? Parlez.

ROSINE.

Je vous conjure
De m'excuser, si j'ai troublé votre sommeil.
Ah ! ce n'étoit, je vous le jure,
Que pour vous garantir des ardeurs du soleil.
Rendez-le moi.

CANDOR.

Le voilà ; mais, ma fille,
Quel intérêt (parlez de bonne-foi,)
Comme si vous étiez de ma propre famille,
Vous engageoit à prendre autant de soin de moi ?

ROSINE.

Eh ! quelle ame assez dure, assez dénaturée,
Ne prendroit pas à vous le plus tendre intérêt ?
Vous êtes révéré de toute la Contrée,
Dès que nous vous voyons, notre bonheur paroît.
Tous vos discours ne tendent qu'à nous plaire ;
Nos cœurs n'en perdent jamais rien :
Vous ne parlez que pour dire du bien,
Vous n'agissez que pour en faire.
Quand vous êtes heureux, nous sommes tous
contens.
Vos yeux nous servent de présage ;
Nous consultons votre visage,
Comme on regarde au Ciel pour prévoir le beau
tems.

CANDOR.

Je suis touché de voir qu'on m'aime.

ROSINE.

On vous aime comme foi-même.

CANDOR.

Je jouis de ce fentiment.

(Il lui prend la main.)

Ah ! Rofine. *(A part.)* Qu'allois-je faire ?

ROSINE.

Ah ! Monfeigneur !..

CANDOR.

En ce moment,

Rofine, je fuis un bon pere

Qui prend la main de fon enfant.

ROSINE.

C'eft à moi de baifer la vôtre.

CANDOR.

Arrêtez ; mais foyez plus fincere qu'une autre.

Confiez-moi qui vous êtes.

ROSINE.

Je fuis....

La fille à Gennevote.

CANDOR.

Et qu'eft-elle elle-même ?

Je veux la fervir ; je le puis.

ROSINE, *vivement.*

Ce feroit un fervice extrême

Que vous me rendriez.

CANDOR.

Mais que fait-elle enfin ?

ROSINE.

Ce que je fais ... elle vous aime.

CANDOR.

Pourquoi donc me fuit-elle,& quel eft fon deffein?
Depuis un an je fuis Seigneur de ce village :
Elle n'eft point venue avec les habitans,
   Quand ils m'ont rendu leur hommage.
Je ne la vois jamais : qui la rend fi fauvage?

ROSINE.

   Elle refpecte votre tems.
De vous à nous la diftance eft fi grande !..
   On a peur de vous détourner.
S'il falloit obtenir de vous quelque demande ,
   On craindroit moins de vous importuner.

D U O.

CANDOR.	ROSINE.
A vous je m'intéreffe,	Ah ! nous vous aimons tous,
Ce fentiment eft doux ;	A vous on s'intéreffe ;
Sa vertu , fa jeuneffe...	Le refpect, la tendreffe ,
Je prendrai foin de vous.	Tous nos cœurs font à vous.
Je ferai votre guide.	Son regard m'intimide.
Eh bien , Rofine ? eh bien ?	Eh bien !
[*Il lui prend la main avec*	(*Elle le regarde avec intérêt*
affection.]	*& modeftie*)
Soyez donc moins timide ,	Soyez notre foutien ,
Je fuis votre foutien.	Notre efpoir, notre guide.
A vous je m'intéreffe , &c.	Ah! nous vous aimons tous,&c.

ROSINE.

Voilà ma mère ; elle marche avec peine :
   Permettez , pour que je l'amene ,
   Que j'aille lui donner le bras.

CANDOR.

Non, non ; je vais moi-même au-devant de fes pas.

SCENE IX.

GENNEVOTE, CANDOR, ROSINE.

CANDOR.

MA pauvre Gennevote, allons, ma bonne mere,
Vous paroiſſez bien laſſe ; il faudroit vous aſſeoir.

ROSINE.

Elle ſe tue auſſi du matin juſqu'au ſoir :
Que ne me laiſſe-t-elle faire ?

GENNEVOTE.

C'eſt vous, notre bon Maître ! Ah ! mon cœur eſt
content.
Permettez-donc que je vous remercie
De toutes vos bontés pour cette chere enfant.

CANDOR.

Je veux, pour travailler au bonheur de ſa vie,
Vous parler en particulier.

GENNEVOTE.

Tiens, Roſine, prends ce panier.

ROSINE, *à ſa mere.*

J'y vais mettre ce fil, & le porter moi-même.

CANDOR.

Allons : placez-vous là, ma bonne : je vous aime.

SCENE X.

CANDOR, GENNEVOTE, DOLIVAL.

*(Pendant que Candor fait asseoir Gennevote,
& se met à côté d'elle :)*

DOLIVAL, *au fond du Théâtre, à un de ses gens.*

FORT bien : Rosine a pris ce chemin détourné ;
Cours, fais exécuter l'ordre que j'ai donné.
Mais la prudence est ici nécessaire ;
Ne précipitez rien, & guettez le moment...

(Il se retire.)

SCENE XI.

CANDOR, GENNEVOTE.

CANDOR, *à Gennevote.*

PArlez-moi sans déguisement ;
Je sais tout.

GENNEVOTE.

Quoi ?

CANDOR.

Soyez sincere.
Melincour...

GENNEVOTE.

Etoit mon époux...
Rosine étoit sa fille.... Elle a perdu sa mere.

CANDOR.

Elle l'a retrouvée en vous.

GENNEVOTE.

J'ai rempli ce devoir bien doux ; mais nécessaire ;
Ses parens durs & fiers ont voulu l'abaisser.
Ils ont eu honte d'une fille
De qui la pauvreté sembloit les offenser ;
Elle a cessé d'être de leur famille.

CANDOR.

Comment ! Loin de s'intéresser...

GENNEVOTE.

Ah ! quelle difference ! un cœur tendre & sensible...
Un cœur comme le vôtre...

CANDOR.

O ciel ! est-il possible ?
Le riche pour parent méconnoit l'indigent,
Et quand son fol orgueil achete à prix d'argent
Des titres faux, & des parens postiches,
Ceux qu'il a délaissés, en murmurent tout bas.

GENNEVOTE.

Eh ! ce sont eux qui, dans ce cas,
Doivent rougir d'avoir des parens riches.

CANDOR.

Rosine leur eût fait honneur,
Au lieu de leur être importune.

GENNEVOTE.

Rosine m'a suivie au sein de l'infortune,
Dans mes chagrins cuisans elle a fait mon bonheur.

CANDOR.

Mais Melincour étoit le neveu de mon pere.

GENNEVOTE.

Je le sais bien, Monsieur.

CANDOR.

A quelle intention
M'avez-vous donc fait un myſtere
De votre ſituation ?

GENNEVOTE, *timidement.*

Monſieur, j'ai cru le devoir faire.
J'ai ſu qu'un long procès vous avoit déſunis.
Ces débats d'intérêts, quand même ils ſont finis,
Conſervent encore une chaîne,
Et nourriſſent longtems les germes de la haine.

CANDOR, *ſe levant.*

Voilà le triſte fruit des procès de parens.

GENNEVOTE.

Des cœurs nobles & hauts qui ſont dans la miſere,
Imaginent toujours d'autres expédiens
Que d'aller mendier le bien qu'on peut leur faire.
Ah ! des ſecours forcés ſont bien humilians !

CANDOR.

Vous avez mal connu mon caractere.
Je veux, en la dotant, lui donner un époux.

GENNEVOTE.

Monſieur, nous vous pourrions attirer des re-
    proches,
En recevant tant de bienfaits de vous.
Vous avez des parens moins éloignés que nous.

CANDOR.

Les plus infortunés ſont toujours les plus proches.

GENNEVOTE.

Mon cœur eſt pénétré de tous vos ſentimens.

Cette chere Rosine ; eh bien ! je vous la rends.
La séparation me paroîtra cruelle ;
 Mais volontièrs, je me sacrifierai.
Vous la rendrez heureuse ; alors je le serai.

CANDOR.

 Non, non ; vous vivrez avec elle.
Je conçois un projet, & je l'établirai.
Mon neveu...je le vois...éloignez-vous, de grace ;
Je veux sonder son cœur, savoir ce qui s'y passe,
Amenez-moi Rosine ; alors je vous dirai...

(Il reconduit Gennevote en lui parlant bas.)

SCENE XII.

DOLIVAL, *seul.*

L'ENTREPRISE est hardie ; il faut payer d'au-
 dace...
 Tandis qu'on va saisir l'occasion,
 Je reste ici pour ôter tout soupçon.

SCÈNE XIII.

CANDOR, DOLIVAL.

CANDOR.

Comment ! tu n'es pas à la chasse ?

DOLIVAL.

Bon ! Vous n'avez qu'un chien, que voulez-vous
qu'on fasse ?

CANDOR.

Causer avec Rosine est un plaisir plus grand.

DOLIVAL.

Rosine !

CANDOR.

Tu fais l'ignorant ;
Je t'ai vû sortir de chez elle.

DOLIVAL.

Il est vrai que tantôt, par la chaleur cruelle,
Consumé, lassé, désœuvré,
J'ai vû cette cabane ouverte,
Je l'ai trouvé totalement déserte ;
Sans conséquence alors j'y suis entré.
Voilà tout.

CANDOR.

Voilà tout, & pour qui pouvoit être
Une bourse remise à Rustaut ?

DOLIVAL, *à part.*

Ah ! le traître !

DOLIVAL.

Mon cher oncle , tenez , voici la vérité :
Rosine & Gennevote... oui... je vous le confesse.
J'ai sçu qu'elles étoient dans la nécessité.
Je suis le Chevalier des Femmes qu'on délaisse.
 Sans me nommer , sans me commettre en rien ;
  J'ai voulu leur faire du bien ,
Comme vous faites , vous , sans que cela paroisse.

CANDOR.

Le motif seroit beau ; mais ce n'est pas cela.
Rosine te fuyoit , & tu l'as poursuivie ;
  Allons , tu l'aimes ?

DOLIVAL.

     Mais , oui-dà.
 Je suis jeune , elle est fort jolie.
 A la campagne , il faut bien s'amuser ;
  C'est un moment de fantaisie ,
  Que mon âge fait excuser.
Bon ! Je n'y pense plus. Elle fait la sévere ;
Sans relâche obsédée ; & par qui ? Par sa mere.

CANDOR.

 Toutes les deux pourront s'humaniser ;
Loin de blâmer ton feu , je veux l'autoriser.
 Et j'emploirai pour toi mon éloquence.

DOLIVAL.

 Vous auriez cette complaisance ?
Vous pourriez me servir ?

CANDOR.

     Je m'y crois obligé.
 Si tu peux être corrigé ,
Mon ami , ce sera par un penchant honnête.
Il formera ton cœur ; il mûrira ta tête.

Je le fais. J'en ai fait l'expérience, moi.
A peu de chofe près, j'étois, dans ma jeuneffe;
Auffi ridicule que toi.
Un amour délicat me tint lieu de fageffe,
Me fit de mes erreurs reconnoître le faux,
Et j'eus honte de mes défauts,
En n'en trouvant aucun dans ma Maitreffe.
DOLIVAL.
Vous eûtes-là, mon oncle, un joli Précepteur.
CANDOR.
On devient honnête-homme en épurant fon cœur.

ARIETTE.

On fe rend eftimable,
Lorfque l'on aime bien;
Et pour paroître aimable,
On ne néglige rien.
Du choix qu'on a fu faire,
Dépend le caractere.
On cherche à fe régler
Sur ce modele même.
Pour plaire à ce qu'on aime,
On veut lui reffembler.

DOLIVAL.
Voilà comme je penfe.
CANDOR.
        Il faut donc y foufcrire.
Rofine te convient, tu feras fon époux.
DOLIVAL.
Moi, mon cher oncle !... y fongez-vous ?
CANDOR.

CANDOR.

Je la dote…. Pourquoi fourire?

DOLIVAL.

Comment?…

CANDOR.

Rofine eft fage, on doit la refpecter

DOLIVAL.

Mais dans le monde, il faut repréfenter….

CANDOR.

Quelquefois la noblefle habite une cabane.

DOLIVAL.

Rofine?..

CANDOR.

N'eft point payfane;
Elle eft fille de Melincour.

DOLIVAL.

Que m'apprenez-vous ? je refpire;
Je puis enfin avouer mon amour…
Oui, l'unique bien où j'afpire…

CANDOR.

Tu feras fon époux, te dis-je.

DOLIVAL.

Dès ce jour
(A part.) Mais j'ai fait une étourderie.
Je n'ai pas un inftant à perdre.

CANDOR.

Où vas-tu donc ?

F

DOLIVAL.

Mon cher oncle, il y va du malheur de ma vie...
Laissez-moi prévenir. . . .

CANDOR.

Mais il perd la raison.

SCÈNE XIV.

CANDOR, GENNEVOTE, DOLIVAL.

GENNEVOTE.

AU secours; ah! Monsieur! Rosine m'est ravie.

CANDOR.

Rosine! ô Ciel!

DOLIVAL.

Ne vous allarmez pas.

GENNEVOTE.

Ce font ses cris qui m'en ont avertie.
J'ai vers elle auffi-tôt précipité mes pas; ...
Dans l'inftant, à mes yeux, on l'a fait difparoître.

DOLIVAL.

Je cours...

CANDOR.

Demeure ici.(*à part.* Je foupçonne le traître.
Ruftaut, Ruftaut, accours avec nos Moiffonneurs;
Rofine...

SCENE XV.

LE VIEILLARD, RUSTAUT, GENNEVOTE, CANDOR, DOLIVAL.

RUSTAUT.

Monseigneur, n'en foyez point en
  peine,
Nous l'avons délivrée, & l'on vous la ramène.

LE VIEILLARD, *à Gennevote.*

Bonne-femme, féchez vos pleurs.

GENNEVOTE.

Vous me rendez ma fille ; ah ! je vous dois la vie !

LE VIEILLARD.

Nous avons pris bien à propos
Tout au travers de la prairie.
J'ai faifi le premier la bride des chevaux.
Ils ont penfé me tuer ; mais n'importe ;
Du moins mon dernier jour étoit pour vous fervir,
Tous nos gens m'ont prêté main-forte,
Et voilà cet enfant qu'on vouloit vous ravir.

SCENE XVI. *& derniere.*

Les Acteurs précédens ; ROSINE, ramenée par les Moiſſonneurs.

GENNEVOTE.

QUE ne vous dois-je point, ô Vieillard reſpectable !

ROSINE, *à Gennevotte.*

Roſine, grace à lui, ſe revoit dans vos bras.

CANDOR.

Je deſire, & je crains de trouver le coupable.

RUSTAUT.

Vous n'iriez pas bien loin ; je ne me trompe pas.

LE VIEILLARD.

Mon bon Seigneur, c'eſt, ne vous en déplaiſe,
Quelque ami de votre neveu ;
Car il avoit prêté ſa chaiſe.

CANDOR.

Monſieur, vous auriez pû ?...

DOLIVAL.

Je vous en fais l'aveu,
Roſine m'a tourné la tête.
L'abſence, ni Paris n'ont point éteint mon feu ;
J'ai pour elle avancé mon retour en ce lieu ;
Ses refus m'ont piqué ; plus elle étoit honnête,
Et plus à la ſéduire enfin j'ai perſiſté.
Je tirois mon eſpoir de ſon obſcurité,

Et j'ai cru qu'une paysane,
Passant dans l'abondance & dans l'oisiveté,
Pourroit peut-être un jour oublier sa cabane,
Et me remercier de ma témérité.

CANDOR.

Quoi ! malheureux ! vous avez l'insolence
De choisir ma maison, pour oser, sans pudeur,
Enfreindre le respect qu'on doit à l'innocence,
Et nous montrer l'effervescence
D'une tête perdue & d'un homme sans cœur ?
Pour mon parent je vous renie.
J'abjure l'amitié qui m'avoit trop surpris.
Ces nœuds dont vous n'avez jamais connu le prix,
Votre cœur dégradé les rompt & me délie ;
Et le mien, qui toujours détesta l'infamie.
Ne voit qu'un étranger dans une ame avilie,
Qui me force à changer ma tendresse en mépris.

DOLIVAL.

Votre indignation, mon oncle, est légitime !..
Je l'ai trop offensée … & je perds votre estime …
En lui donnant la main, je puis tout réparer,

CANDOR.

Sans son aveu, je ne peux l'espérer.

DOLIVAL, *à Rosine.*

Ce que j'ai fait, ne vient que d'un amour extrême.
Est-ce à Rosine à m'en punir ?

ROSINE, *en se jettant dans les bras de sa mere.*

Maman, souffririez-vous ?…. Ah ! j'aime mieux
mourir.

GENNEVOTE, *à Dolival.*

Quiconque offenfe ce qu'il aime,
Eft indigne de l'obtenir.

ROSINE, *avec un tranfport de joie.*

Ah !

CANDOR.

Ce noble refus peint votre caractère.

(*A Rofine, après un tems.*)

Je connois bien quelqu'un qui fent la même ardeur;
Et fon amour refpectueux, fincère,
Ne feroit occupé que de votre bonheur :
Mais la crainte de vous déplaire
L'oblige à renfermer le fecret dans fon cœur.

ROSINE.

Ne m'enviez point la douceur
De paffer, en ces lieux, mes jours avec ma mere.

CANDOR.

Autant qu'à vous elle m'eft chere.

(*à Rofine, après un tems.*)

Vous me refufez donc auffi ?

(*Rofine lève les yeux fur Candor avec tendreffe,*
& les baiffe auffi-tôt.)

GENNEVOTE.

Quoi ! vous, Monfieur?..

CANDOR.

Rofine, expliquez vous ; que faut-il que j'efpere ?

ROSINE.

Monfeigneur....

GENNEVOTE, *à part.*

Seroit-il bien vrai ?

DOLIVAL, *à part.*

Q'entends-je ?

ROSINE.

Excufez-moi... Je fuis toute faifie...

CANDOR.

Je vois que vous allez demander du délai.

ROSINE.

Voilà l'unique fois, de toute votre vie,
Que vous avez mal vû.

GENNEVOTE.

Tu dis la vérité.

DOLIVAL, *confus.*

Je fuis puni, je l'ai bien mérité.

LE VIEILLARD.

Rofine n'a pas voulu prendre
La bourfe qu'en fes mains j'étois chargé de rendre,
Qu'en veut-on faire ?

DOLIVAL.

Elle eft pour toi.

(Le Vieillard fait un mouvement de furprife.
Dolival continue :)

Je puis en difpofer, puifqu'elle étoit à moi.

LE VIEILLARD.

Je vais en faire le partage,
Avec tous nos bons Moiffonneurs.
De vous ôter Rofine, ils ont eu le courage ;
Ça fait que Monfeigneur la prend en mariage,
Des plaifirs d'aujourd'hui vous faites les honneurs.

RUSTAUT.

Fort bien, fort bien ; c'eft faire un bon ufage....

Ah le brave homme ! embraſſons - nous!
L'ami, nous aurons ſoin de vous.

DOLIVAL, à Candor.

Je vais, loin de vos yeux, mettre tout en pratique,
Pour réparer ma honte & mon erreur;
Et je ferai ſi bien que l'eſtime publique
Me rendra quelque jour mes droits ſur votre cœur.

CANDOR, à Dolival qui ſe retire.

Tâche, tâche d'être plus ſage ;
Et ſi dans la raiſon je te vois affermi,
(Tu n'es que mon neveu,) tu ſeras davantage ;
Je ferai de toi mon ami.

(Le Vieillard diſtribue l'argent de la bourſe à tous les Moiſſonneurs.)

VAUDEVILLE.

RUSTAUT ET NICOLE.

(*Tous les Moiſſonneurs & Moiſſonneuſes chantent
en chœur les vers ſuivans , qui ſervent de
refrein au premier couplet :*)

Que la vieilleſſe
Encor vous laiſſe
Long-tems le plaiſir de glaner.

CANDOR.

En tout pays , chacun eſt frere,
Et du plus au moins on differe.
Celui que le ſort nous préfere ,
A le bonheur de moiſſonner.
Qu'il vive au ſein de l'abondance ,
On ſouffrira ſon opulence ,
S'il peut à la foible indigence
Laiſſer quelque choſe à glaner.

ROSINE, *à Gennevote.*

Mon cœur jouit d'un bien ſuprême.
J'aime Candor , & Candor m'aime :
Il m'éleve juſqu'à lui-même ;
Je puis à préſent moiſſonner.
Mais jamais ma reconnoiſſance
N'oubliera que ſa bienfaiſance,
Quand nous étions dans l'indigence ,
Ici m'a permis de glaner.

GENNEVOTE.

Nous n'avons point l'ame aſſervie;
Loin de nous la fraude & l'envie.
S'il eſt des fleurs dans notre vie,
On peut ici les moiſſonner.

Mais parmi le fracas des Villes,
Il est peu de plaisirs tranquilles :
Dans ces champs ingrats & stériles,
On est trop heureux de glaner.

CANDOR.

Jadis le Parnasse fertile
Etoit une campagne utile ;
Dans ce tems un Auteur habile
Trouvoit toujours à moissonner,
Mais helas ! la race premiere
N'a rien laissé pour la derniere ;
Et quand on vient après Moliere,
Heureux qui peut encor glaner !

(Tous les Acteurs & les Moissonneurs chantent en chœur au Parterre, les deux vers suivans :)

Notre espérance la plus chere
Est de pouvoir encor glaner.

(Les Moissonneurs forment des danses, présentent des bouquets de Barbeaux & de Coquelicos à Candor, à Rosine & à Gennevote.)

FIN.

APPROBATION.

J'AI lû par ordre de Monseigneur le Vice-Chancelier, les *Moissonneurs*, Comédie, & je crois qu'on peut en permettre l'impression. A Paris, ce 24 Janvier 1768.

MARIN.

CATALOGUE GÉNÉRAL DES THÉATRES.

Théâtre de M. de Voltaire, 5 vol. *in-12*, 15 l.
Œuvres de Piron, 3 vol. *in-12*, belles Fig. 9 l.
——— de Marivaux, 7. vol *in-12*. 21 l.
——— de M. Pannard, en 4 vol. *in-12*, 12 l.
——— & Œuvres de Fagan, 4 vol. *in-12*, 10 l.
——— de Philippe Poiffon, 2 vol. *in-12*, 5 l.
——— de Boindin, 2 vol. *in-12*, 5 l.
——— de M. Paliffot, 3 vol. *in-12*, 7 l. 10 f.
——— de V***, *in-12*, 3 l.
——— de Madame de Graffigny, *in-12*, 3 l.
——— de la Noue, 1 vol. *in-12*, 3 l.
——— le Duché, ou Tragédies faintes, 1 vol. *in-12*. 3 l.
——— de l'Affichard, un vol. *in-12*, 2 l. 10 f.
——— d'un Inconnu, un vol. *in-12*, 2 l. 10 f.
——— de la Motte, un vol. *in-12*, 3 l.
——— de Delaunay, un vol. *in-12*, 3 l.
——— de Guyot de Merville, *in-12*. 3. vol. 7 l. 10 f.
——— de Colardeau, un vol. 3 l.
——— de M. Le Franc, 4 vol. 8 l.
——— des Boulévards, ou les Parades, 3 vol. *in-12*. 7 l. 10 f.
——— d'Apoftolo-Zéno, traduit de l'Ital. 2 vol. *in-12*, 5 l.
——— Bourgeois, ou Recueil de Piéces Bourg. *in-12*. 3 l.
——— de la Grange, *in-8*, 3 l.
——— de Romagnefi & Riccoboni, un vol. *in-8*, 5 l.
——— d'Aviffe, un vol. *in-8*, 4 l.
——— de Boiffi, *in-8*, 9 vol. nouvelle édition, 36 l.
——— de Peffelier, un vol. *in-8*, 5 l.
——— de Campagne, Recueil de Parades, *in-8*, 5 l.
——— de M Favart, avec figures & Mufique, 8 vol. 40 l.
——— de Vadé, avec les airs notés, 4 vol. *in-8*, 20 l.
——— d'anfeaume, 3 vol. in 8, avec les airs notés, 15 l.
——— de Poinfinet, 2 vol. in 8; Mufique, 10 l.
Nouveau Théâtre François & Italien, 8 vol. *in-8*, 40 l.
Supplément aux Théâtres Franç. & Ital. 6 vol. *in-12*, 15 l.
Ancien Théâtre de la Foire, 10 vol. *in-12*, 30 l.
Nouveau Théâtre de la Foire, 5 vol. *in-8*, 20 l.

Œuvres de P. Corneille, 10 vol. *in-12*, 20 l.
——— de T. Corneille, 9 vol. *in-12*, 18 l.
——— de Racine, 3 vol. *in-12*, 6 l. 15 f.
——— Les mêmes, *in-4*. 3 vol. 60 l.
——— Les mêmes, 3 vol. grand *in-12*, fig. 9 l.

——— de Crébillon, 3 vol. *in-12*, 6 l. 15 f.
——— de Champiftron, 3 vol. *in-12*, 7 l. 10 f.
——— de Molier, 8 vol. *in-12*, 16 l.
——— de Renard, 4 vol. *in-12*, 9 l.
——— de Dancourt, douze vol. 24 l.
——— de la Grange-Chancel, 5 vol. *in-12*, 10 l.
——— de Deftouches, 10 vol. *in-12*, 20 l.
——— de la Chauffée, 5 vol. *in-12*, 12 l. 10 f.
——— de Baron, 3 vol. *in-12*, 6 l. 15 f.
——— de M. de Saint Foix, 4 vol. *in-12*, 10 l.
——— de Champmeflé, 2 vol. *in-12*, 5 l.
——— de Pradon, 2 vol. *in-12*, 5 l.
——— de la Foffe, 2 vol. *in-12*, 5 l.
——— de la Fond, un vol. *in-12*, 2 l. 10 f.
——— de Poiffon, pere, 2 vol. *in-12*, 5 l.
——— de la Thuillerie, un vol. *in-12*, 2 l. 10 f.
——— de Greffet, 2 vol. *in-12*, 5 l.
——— de Bourfaut, 3 vol. *in-12*, 9 l.
——— de le Grand, 4 vol. *in-12*, fous preffe, 12 l.
——— d'Auteroche, 3 vol. *in-12*, fous preffe, 9 l.
——— de Montfleury, 3 vol. *in-12*, 9 l.
——— de Quinault, 5 vol. *in-12*, 15 l.
——— de le Sage, 2 vol. *in-12*, 5 l.
——— de Dufréni, 4 vol. *in-12*, 12 l.
——— de Barbier, un vol. *in-12*, 2 l. 10 f.
——— d'Autereau, 4 vol. *in-12*, 10 l.
——— de l'Abbé Nadal, 3 vol. *in-12*, 7 l. 10 f.
——— de Danchet, 4 vol. *in-8*, 12 l.
——— de la Fontaine, 4 vol. 8 l.
——— de Brueys & Palaprat, 5 vol. *in-12*, 10 l.
——— de le Franc, 4 vol. *in-12*, 8 l.
——— de Rouffeau, 5 vol. *in-12*, 10 l.

Théâtre François, ou Recueil des Piéces de l'ancien
 Théâtre, *in-12*, douze vol. 36 l.
Théâtre Italien de M. Ghérardi, 6 vol. *in-12*, 18 l.
Théâtre Italien, depuis fon rétabliffement, 10 vol. *in-12*, 25 l.
Les Parodies dudit Théâtre, 4 vol. *in-12*, 12 l.
Théâtre des Grecs, 6 vol. *in-12*, 18 l.
Œuvres de Plaute, 10 vol. *in-12*, 30 l.
Les Spectacles de Paris, ou les Calendriers Hiftoriques &
 Chronologiques de tous les Théâtres, feize Parties ; cha-
 que Partie fe vend féparémeut, 1 l. 4 f.

PIECES A ARIETTES ET VAUDEVILLES.

A Cajou, Opera Comique.
Achille & Déidamie, Parod.
Amans de Village, Parodie.
Amans inquiets, Parodie.
Amans (les parfaits), Comédie.
Amans trompés, Opera Comique.
Amour au Village, Opera Com.
Amour impromptu, Parodie.
Amours Champêtres, Pastorale.
Amours de Gonesse.
Amours de Nanterre.
Amours Grenadiers, Opera Com.
Amours Grivois, Opera Comique.
Amours de Bastien & Bastienne.
Annette & Lubin, Comédie.
Aveugle de Palmyre.
Aveux indiscrets, Comédie.
Bagarre, Opera Comique.
Baïocco, Parodie.
Bal Bourgeois, Opera Comique.
Bal de Strasbourg, Opera Com.
Batelier de St. Cloud, Op. Com.
Bertholde à la Ville, avec les Ariet.
Blaise le Savetier, Opera Com.
Bohemienne, Opera Comique.
Bohemienne, Comédie.
Boulevards, Opera Comique.
Bouquet du Roi, Opera Comique.
Brioché, Parodie.
Cadi dupé, Opera Comique.
Calendriers des Vieillards, Op. C.
Carnaval d'Eté, Parodie.
Cendrillon, Opera Comique.
Chasseur (les deux), Comédie.
Chercheuse d'Esprit, Opera Com.
Chinois, Comédie.
Chinois poli en France, Parodie.
Clochette, Opera Comique.
Choix des Dieux.
Confidont heureux, Opera Com.
Coq du Village, Opera Comique.
Coquette sans le sçavoir, Op. C.

Coquette trompée, Comédie.
Coupe enchantée, Opera Comique.
Cousines (les deux), Comédie.
Cybele amoureuse, Parodie.
Cythère assiégé, Opera Comique.
Départ de l'Opera Comique.
Dervis (le faux), Opera Comique.
Devin du Village, Opera.
Diable à quatre, Opera Comique.
Docteur Sangrado, Opera Com.
Dom Quichotte, Opera.
Ecole de la Jeunesse.
Ensorcelés, ou Jeannot & Jeann. C.
Esope au Village, Opera Comique.
Faufale, Parodie.
Fausse Aventurière, Opera Com.
Fée Urgele.
Femmes, Comédie-Ballet.
Fête d'Amour, Comédie.
Fêtes de la Paix, Comédie.
Fêtes du Château.
Fêtes Parisiennes, Comédie.
Fileuse, Parodie.
Fille mal gardée, Parodie.
Filles, Opera Comique.
Follette ou l'Enfant gâté, Parodie.
Fortune au Village, Parodie.
Fra-Maçonnes, Opera Comique.
Gaulois, Parodie.
Georget & Georgette, Op. Com.
Gilles, garçon Peintre, Op. Com.
Guy de Chêne, Comédie.
Heureux Déguisement, Op. Com.
Hippolite & Aricie, Parodie.
Jerôme & Fanchonnette, Parodie.
Jeunes mariés, Opera Comique.
Isabelle & Gertrude.
Jumeaux, Parodie.
Il étoit tems, Parodie.
Impromptu des Harangeres, Op. C.
Impromptu du cœur, Opera Com.
Indes dansantes, Parodie.

Ifle des Foux , Comédie.	Précautions inutiles , Op. Com.
Ifle des Talens , Comédie.	Prix de Cythère , Opera Comique.
Ivrogne corrigé , Opera Comique.	Prix des Talens , Parodie.
Magafin des Modernes, Op. Com.	Procès des Arriettes , Opera Com.
Magie inutile , Opera Comique.	Quartier général , Opera Comique.
Maifon (la petite) , Parodie.	Racoleurs , Opera Comique.
Maître d'Ecole , Opera Comique.	Raton & Rofette , Parodie.
Maître de Mufique.	Réconciliation Villageoife.
Maître en Droit , Opera Comique.	Répétition interrompue , Op. C.
Maréchal.	Reffources des Théâtres , Comédie.
Mariage par efcalade , Opera Com.	Retour de l Opera Comique.
Mauvais Plaifant , Opera Comique.	Retour du Printems , Opera Com.
Mazet , Comédie.	Retour favorable.
Medecin d'Amour , Opera Com.	Roland , Parodie.
Médée & Jafon , Parodie.	Rofe (la) , ou Fêtes de l'Hymen.
Milicien , Comédie.	Roffignol , avec la Mufique , Op. C.
Miroir Magique , Opera Comique.	Sancho-Pança , Opera bouffon.
Moiffonneurs , Comédie.	Savetier joyeux , Comédie.
Monde renverfé , Opera Comique.	Sauvages , Parodie.
Moulinet premier , Parodie.	Servante juftifiée , Opera Comique.
Nicaife , Opera Comique.	Servante Maitreffe , Comédie.
Nina & Lindor , Comédie.	Serrurier.
Ninette à la Cour , Comédie.	Soirée des Boulevards , Comédie.
Noces interrompue , Parodie.	Supplément à la Soirée , Comédie.
Nouvelle Baftienne , Opera Com.	Soldat Magicien , Opera Comique.
Nouvelllfte , Opera Comique.	Soliman fecond , Comédie.
Nymphes de Diane , Opera Com.	Sorcier , Comédie.
Parodie au Parnaffe , Opera Com.	Suffifant , Opera Comique.
Parodie d'Hypermneftre.	Théfée , Parodie.
Peintre amoureux , Opera Com.	Thircis & Dorifthée , Parodie.
Pélerins de la Mecque , Op. Com.	Tom-Jones , Comédie.
Péruviennes , Opnra Comique.	Tonnolier , Opera Comique.
Petits-Maîtres de Province , Op. C.	Trompeur trompé , Opera Comique.
Petrine , Parodie de Proferpine.	Troqueur & le Rien , Parodie.
Pipée , Com. avec les Arriettes.	Troyennes de Champagne , Op. C.
Plaifir (le) & l'Innocence , Op. C.	Veuve indécife , Parodie.
Poirier , Opera Comique.	Zéphire & Fleurette , Parodie.
Portraits , Comédie.	Zéphire & Flore , Opera Comique.

On trouve chez le même Libraire un Affortiment général de tous les Théâtres & Piéces détachées tant anciennes que nouvelles , avec leurs Divertiffemens , & plufieurs Livres d'Affortimens , anciens & nouveaux , tant de Paris que des Pays étrangers.

www.ingramcontent.com/pod-product-compliance
Ingram Content Group UK Ltd.
Pitfield, Milton Keynes, MK11 3LW, UK
UKHW020020100726
13658UKWH00003B/1004

9 782019 979348